KB196760

the bears' school

꼬마 곰 재키와 빨래하는 날

글 아이하라 히로유키 그림 아다치 나미 옮김 송지혜

꼬마 곰 유치원의 꼬마 곰은 하나, 둘, 셋, 넷……. 모두 열두 마리.

모두 씩씩하게 자라고 있어요.

열두 마리 꼬마 곰 가운데
첫째부터 열한째까지는 모두 남자예요.
일곱째는 해리, 여덟째는 키다리 버나드.
나머지 꼬마 곰들의 이름은 나중에 또 알려 줄게요.

막내인 열두째 재키는

하나뿐인 여동생이에요.

가장 어린 꼬마 곰 재키는

가장 장난꾸러기에다 고집쟁이.

하지만 가장 부지런하답니다.

오늘 아침은 날씨가 정말 좋아요.
가장 먼저 눈을 뜬 재키가 벌떡 일어나요.
빨래하기에 딱 좋은 날씨네요.

“빨래하자, 빨래!”
신이 난 재키는 먼저 잠옷을 벗어
빨래 바구니에 퐁 던져 넣어요.
“빨랫감 하나요!”

그리고 나서 오빠들 잠옷도
차례차례 빨래 바구니에 퐁!
“빨랫감 둘이요!”

그리고 나서 “으라차차!”

커다란 이불도 낑낑대며 당겨요.

“빨랫감 셋이요!”

재키는 빨래 바구니에 폴짝 뛰어올라

꾹꾹 밟아요.

"자, 시작해 볼까!"

빨랫감 나르기는
잠꾸러기 오빠들이 할 일이에요.
"하암, 어휴!" "아휴, 낑낑!"
"빨래쟁이 재키, 또 시작이네!"
재키만 으쓱으쓱 신나요.

네모난 세탁기의
동그란 문을 열고
빨랫감 하나요, 둘이요, 셋이요!
꼬마 곰표 가루비누도 톡톡 털어 넣어요.

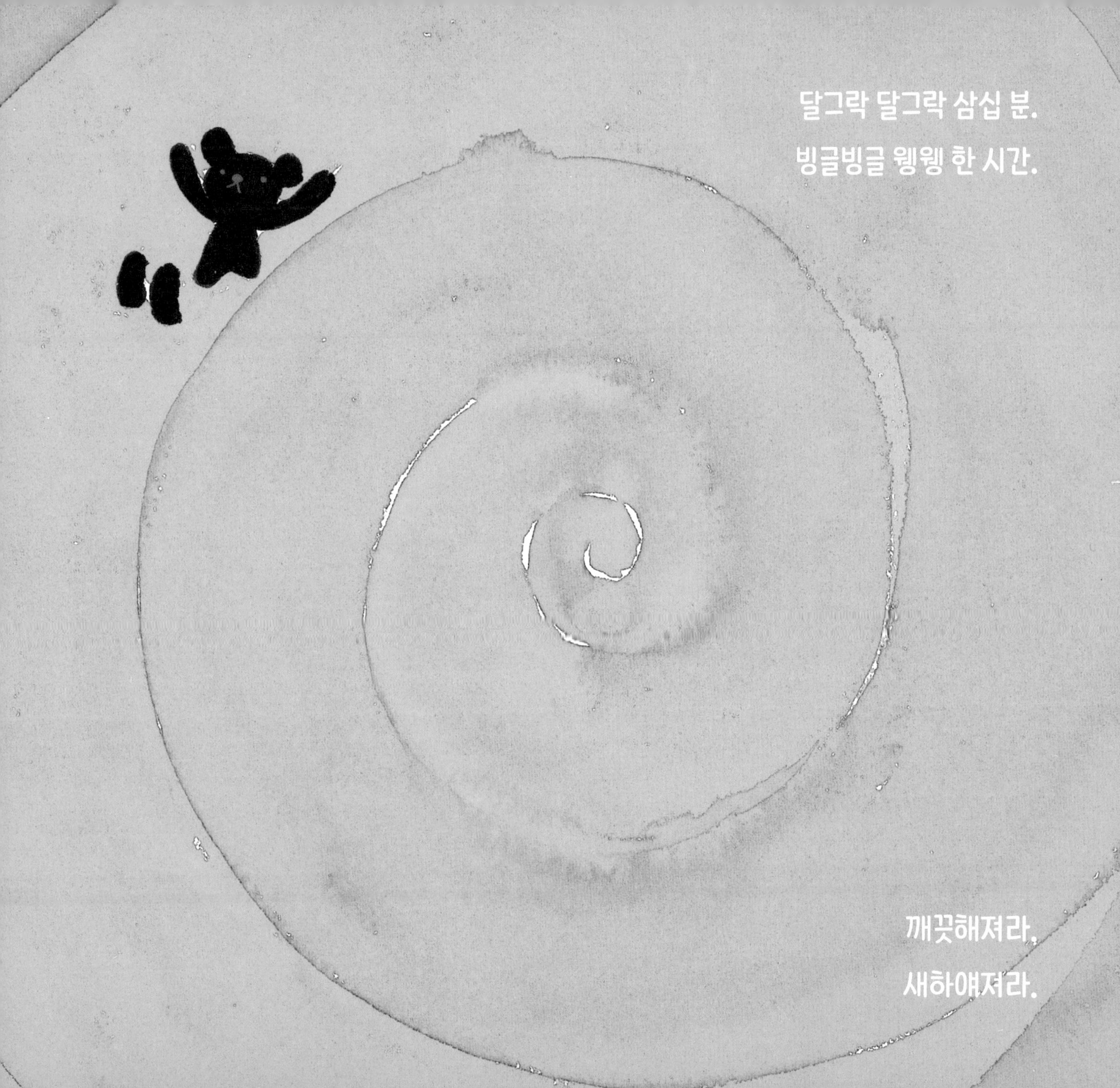
달그락 달그락 삼십 분.
빙글빙글 웽웽 한 시간.
깨끗해져라.
새하얘져라.

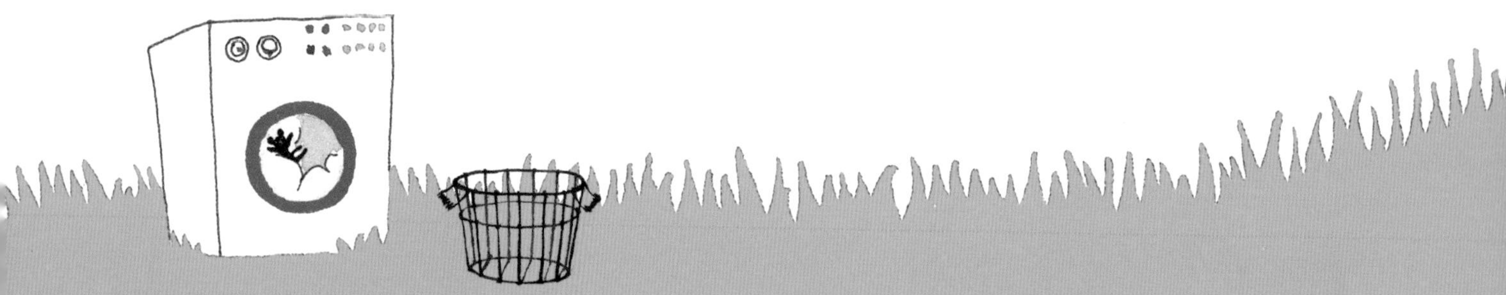

재키와 오빠들은

와플을 맛나게 먹으며

빨래가 다 되길 기다려요.

띠리링!

와! 빨래가 끝났나 봐요.

이번에는 오빠들 차례예요.
새하얀 빨래를 탁탁 털어
빨랫줄에 쫘악 펴서 널어요.
그리고 빨래집게로 꼭꼭 집으면…….

“야호, 빨래 끝!”

파란 하늘 아래 새하얀 빨래가
나란히 나란히.
모두 모여 하늘을 바라보아요.
그런데, 어? 어?

휘이익!

“이를 어째!”

봄바람에

커다란 이불이 하늘로 날아가요!

이제 오빠 곰들이 나설 차례예요.

팔랑이며 날아간 이불을

오빠들이 줄지어 쫓아가요.

재키는 그만

“으아앙!”

울음을 터뜨리고 말았지요.

그런데 잠시 뒤,

재키의 머리 위로

무엇일까요? 팔랑팔랑.

‘아, 저건…….’

맞아요, 오빠들이 이불을 찾아온 거예요.

“고마워, 정말!”

하얗게, 새하얗게 빨래를 한 날은

마음도 반짝반짝 빛이 나요.

밤이 되자 열두 마리 꼬마 곰들은
뽀송뽀송 햇살 냄새 가득한 이불에 폭 싸여
모두 새근새근 잠이 들었답니다.
'아, 기분 좋아!'

글 **아이하라 히로유키**
아이가 다니는 유치원 친구들을 보고 〈the bears' school〉 시리즈를 쓰기 시작하였습니다.
쓴 책으로는 《꼬마 곰 재키와 유치원》, 《꼬마 곰 재키와 빵집》, 《꼬마 곰 재키의 자전거 여행》, 《꼬마 곰 재키의 빨래하는 날》, 《꼬마 곰 재키의 생일 파티》, 《꼬마 곰 재키의 운동회》, 《내 이름은 오빠》, 《넌 동생이라 좋겠다》 등이 있습니다.

그림 **아다치 나미**
타마미술대학에서 공부하고 그림책 작가와 디자이너로 일합니다.
그린 책으로는 《꼬마 곰 재키와 유치원》, 《꼬마 곰 재키와 빵집》, 《꼬마 곰 재키의 자전거 여행》, 《꼬마 곰 재키의 빨래하는 날》, 《꼬마 곰 재키의 생일 파티》, 《꼬마 곰 재키의 운동회》, 《내 이름은 오빠》 등이 있습니다.

옮김 **송지혜**
부산대학교에서 분자생물학과 일어일문학을 전공했으며, 고려대학교 대학원에서 과학언론학을 전공했습니다.
현재 어린이를 위한 책을 쓰고 옮기고 있습니다. 《수군수군 수수께끼 속닥속닥 속담 퀴즈》, 《또래퀴즈 : 공룡 퀴즈 백과》, 《매직 엘리베이터: 바다》 등을 쓰고, 《어린이를 위한 마음 처방》, 《괴물의 집을 절대 열지 마!》, 《호기심 퐁퐁 자연 관찰: 나비의 한 살이》, 《깜짝깜짝 세계 명작 팝업북 잠자는 숲속의 공주》 등의 책을 옮겼습니다.

the bears' school
꼬마 곰 재키와 빨래하는 날

글 아이하라 히로유키 **그림** 아다치 나미 **옮김** 송지혜

1판 1쇄 인쇄 2024년 8월 27일
1판 1쇄 발행 2024년 9월 9일

펴낸이 김영곤 **펴낸곳** ㈜북이십일 아울북
TF팀 김종민 신지예 이민재
출판마케팅영업본부장 한충희 **마케팅3팀** 정유진 백다희 **출판영업팀** 최명열 김다운 권채영 김도연
편집 꿈틀 이정아 **디자인** design S **제작 관리** 이영민 권경민

출판등록 2000년 5월 6일 제406-2003-061호
주소 (우 10881) 경기도 파주시 문발동 회동길 201
연락처 031-955-2100(대표) 031-955-2709(기획개발)
팩스 031-955-2122 **홈페이지** www.book21.com

ISBN 979-11-7117-722-6 ISBN 979-11-7117-710-3 (세트)

the bears' school
Jackie's Laundry Day